U0125447

"一带一路"大型系列丛书

总策划　戴佩丽
主　编　孙春光

阿苏 ◎ 著

新疆是个好地方

多彩的边疆

图书在版编目（CIP）数据

多彩的边疆 / 阿苏著 . —北京：中央民族大学出版社，2021.5（2023.5 重印）

（"一带一路"大型系列丛书.新疆是个好地方.第三辑）

ISBN 978-7-5660-1905-9

Ⅰ.①多…　Ⅱ.①阿…　Ⅲ.①诗集—中国—当代　Ⅳ.①I227

中国版本图书馆 CIP 数据核字（2021）第 025567 号

多彩的边疆

著　者	阿　苏
责任编辑	戴佩丽
责任校对	肖俊俊
封面设计	舒刚卫
出版发行	中央民族大学出版社

北京市海淀区中关村南大街 27 号　　邮编：100081

电话：（010）68472815（发行部）　传真：（010）68933757（发行部）

　　　（010）68932218（总编室）　　　　　（010）68932447（办公室）

经 销 者	全国各地新华书店
印 刷 厂	北京鑫宇图源印刷科技有限公司
开　本	787×1092　1/16　印张：10.5
字　数	140 千字
版　次	2021 年 5 月第 1 版　2023 年 5 月第 2 次印刷
书　号	ISBN 978-7-5660-1905-9
定　价	42.00 元

版权所有　翻印必究

序：家园的魂魄

李东海

　　听说好友阿苏的诗集《多彩的边疆》就要付梓，非常高兴。阿苏是新疆的阿苏，也是边疆的阿苏。他和他祖辈锡伯营一样，一直守护在西部的边疆 —— 新疆伊犁。祖辈们因乾隆年间的一道圣旨，从东北西迁到了新疆的伊犁，守边卫国。二百五十多年过去了，守边卫国的子孙们薪火相传，锡伯营的后代们依然在伊犁守护着这片肥沃的土地，生生不息。阿苏就是在这片肥沃土地上生长起来的一个具有代表性的诗人。

　　阿苏的诗，飘逸着伊犁河谷的芳香。是纯正的伊犁河水浇灌长成的玉米、小麦和稻谷。他的诗里，浸透着边疆人民的热血和伊犁大地的气息，这是他对新疆那炽热的情愫所使然。他的诗，充满对家园的热爱与敬畏，像一位历尽沧桑的中年人，在河边对着母亲低吟，深沉而悠长，我们随手打开《多彩的边疆》，映入眼帘的就是《边城伊宁》：

　　我随手写下这座边城：安宁、恬淡
　　就像一个斜倚着白杨树的
　　混血美人
　　在八百里河谷之上兀自招展
　　我看见的伊宁

在虚空里突然转过身来
目送一江春水跃上马背随风向西
而孜然的芳香，是否
吹醒了汉家公主千年以前的
一丝轻叹？

阿苏诗歌的这种自然淳朴，像他做人的品质风格：不造作，不掩饰。纯正的诗歌意象和情感激情合二为一，成为这首诗的亮点。阿苏是用情专一的人，多少年来一直钟情于诗，在诗上用功很多。孜孜不倦地读诗、写诗，以诗会友。他的诗，像一个长跑运动员，在不停地追赶和超越。

伊犁是我这几年去得比较多的地方，伊宁市的六星街我也去过，但我看到阿苏《天堂里的六星街》的诗后，我不能不佩服阿苏的视角：

我要说的是奇特得让人炫目的
——六星街

像拖着长尾巴的彗星，正好是六颗
栖落在叫作伊宁的
这座大花园里
一闪一闪
辉映着人们细碎而宁静的生活

今天，我走遍这里的每一条巷道
看见苹果树下的庭院里
披着花头巾的古丽
倚门而望

黑葡萄似的眼睛
把头上的一朵闲云照亮

阿苏将他这五十多首诗，编成一册，分为"边疆诗章""伊犁河以南""牛录册页"三辑，每一首诗，都满含着边疆伊犁的激情。诗歌是抒情文学，但在抒情中自然引入叙事与描写，会让诗歌的节奏舒缓，会使诗歌的画面感增强。阿苏的诗歌，大量地在运用这一方法。

恰西——
马背上的青年哈萨克凝视着远方
瞳仁里映出
月亮姑娘飞身投进爱河
湿漉漉的秀发，如同一帘飞瀑
纷披在美丽的传说里

这是他《云上的恰西》一诗的一个小节，他让马背上的哈萨克族姑娘出场，让一帘瀑布，在天山下飞流。镜头的定格和动感的起伏，让诗歌美丽荡漾。和阿苏交往多年了，可以说是挚友。他所崇尚的真诚、善良和发奋努力，让我们成为诗友。但我一直在读阿苏的诗，我读过阿苏的诗后，会看到"家园的魂魄"在我的脑际浮现，这是阿苏的家园，也是我的家园。阿苏的家园意识比我浓厚，他对土地的感情比我深，所以对家园的感情和认知也比我深刻。像他的《库尔德宁》，将这种情感与认知，具象为一首清新优美的诗篇：

这时候，远处的毡房
在淡蓝的光线里

醒目地绿了

深邃的库尔德宁

是谁遗落在高处的一方黛色头巾?

六月的草原上

转场的牛羊暗藏着身上的膘情

而牧羊女被突然的思恋击伤

松脱了手中的缰绳

阿苏谙熟伊犁河谷的一切,草原,草原上的毡房,哈萨克族牧民的羊群和骏马。就是天山上的雄鹰,也在阿苏锐利的目光之下:

苍鹰飞翔,放牧着一片片云朵

鹰翅的下面

库尔德宁抱着赭红的岩石望眼欲穿

哦,在世界的清凉处

草甸柔软,溪水清澈

这是每个牧人心中天赐的家园啊

阿苏的诗,浑厚自然,像伊犁河水,清澈敞亮。读阿苏的诗,有听伊犁河水的感觉:滔滔的河流,轰鸣的河水,河边的毡房,苍绿的草原,高耸的天山。这是阿苏家园的魂魄,它萦绕在阿苏的脑际,也萦绕在我们的心里。阿苏的诗歌,家园是他诗歌的魂魄,这种诗歌的灵魂,在他的《多彩的边疆》诗集中不断地涌现,有幸读到他这本诗集的读者,可以一首首地品味。

阿苏是我们新疆少有的那么几个实力派诗人。阿苏是那种不事声张,孜孜以求地进行诗歌写作的在场诗人。他有丰厚的生活背景,有精益求精的自律精神，还有率性本真的诗人气节。这让他的诗歌越走越远。一个大气的诗人，是家园和本真养育的儿女。阿苏在他的伊犁河谷，在他的察布查尔，所到之处，都仿佛走在他的家乡。这伊犁河谷的一片肥美的土地，养育了漫山遍野的牛羊，也养育了一代代勤劳善良的人民，还培养了一个个充满才气的诗人。他们积极向善，孜孜不倦地热爱诗歌，写作诗歌。最后将伊犁河谷、伊犁大草原的家园情愫，如清泉溪流，流淌出一首首美丽的诗歌呈献在我们的面前，让我们激动和幸福不已。

阿苏是幸运的，他在这个时代用诗歌表达了他祖辈对于伊犁河谷的挚爱与感恩，用诗歌表达了边疆儿女对于祖国大地怀抱的真情。我们美丽的家乡，是天赐的家园，它是我们各族人民为了美好生活奋斗不息的乐园，也是我们幸福安康的福祉。

让我们祝福诗歌！祝福祖国！

目 录

"一带一路"大型系列丛书
——新疆是个好地方

第一辑

边疆诗章

边城伊宁

我随手写下这座边城：安宁、恬淡

就像一个斜倚着白杨树的

混血美人

在八百里河谷之上兀自招展

我看见的伊宁

在虚空里突然转过身来

目送一江春水跃上马背随风向西

而孜然的芳香，是否

吹醒了汉家公主千年以前的

一丝轻叹？

我还随口说出一个好听的词语

——固尔扎*

这是属于伊宁的乳名

从喀赞其到斯大林大街

太多的鲜花在街巷散步

太多的醉歌从爬满葡萄藤的庭院里

水一样淌出

阿訇的胡须太白

姑娘的眉毛太黑

哦，在这个比西边更西的天堂

流放的固尔扎

坐在印有羊角图案的毡子上

被一辆四轮马车运走

沸腾的铃声，和着击鼓老人的节奏

摇响动人的风俗

此刻，我执意要把浪漫的伊宁

称颂一百遍 ——

固尔扎啊！你用缓慢的日照

清洁的流水

养育着奥斯曼草、甜蜜爱情

和低处的生活

通向春天的路上

我目睹汉宾果园的苹果花恣意绽放

灿如笑靥

照亮了世界的早晨

注释：

＊固尔扎：当地少数民族对伊宁的称谓。

天堂里的六星街

我要说的是奇特得让人炫目的

——六星街

像拖着长尾巴的彗星，正好是六颗

栖落在叫作伊宁的

这座大花园里

一闪一闪

辉映着人们细碎而宁静的生活

今天，我走遍这里的每一条巷道

看见苹果树下的庭院里

披着花头巾的古丽

倚门而望

黑葡萄似的眼睛

把头上的一朵闲云照亮

而蓝色的风吹过美丽的白杨树

吹过那些起伏的屋顶

吹过墙边的月季花，

独特的歌声

从我的耳畔一遍遍吹醒

小巧的巴扬

携带着特有的气息

像祷辞，在琴声里释放出

整个世界的幸福

说到了幸福，我就想勾勒眼前

小桥流水的画卷

一眼望去 ——

遍地住满了花花草草

以及八百座幽深的民居

一扇镶满花卉图案的木门啊

掩藏多少个

笑容与眼泪的秘密

哦，天堂里的

六星街

每一条路是否通往六个方向呢？

在野核桃沟

江嘎德萨依*

当我轻声念出这个果实般透亮的发音

看到头上的天空

被蜂拥的野核桃树淹没

在野核桃沟，不断上升的云梯

成为令人眩晕的海拔

顺着九曲十八弯

攀缘而上的

是草木叶簇和溪流的弹拨

是藤蔓和山花的馥郁

是风和百鸟飞过的小径

我走向山顶，听见

零星的雨声在凉风中时隐时现

仿佛神的呼吸

那群牛羊以南的地方

天鹅湖倒映着天光

像是青年阿卡里斯洒落的一滴眼泪

哦，马背上漂泊的冬不拉

携带了多少柔肠寸断的旷世绝恋

我和卡班巴依雪峰如此接近

鸟瞰的时刻

谁在脚下的一脉山沟里

盛满了耀眼的翡翠？

是谁，用清亮的鸟鸣

收敛着鲜奶一样洁白的云朵？

向下的路，像悠长的手臂

扶着你误入

一株野核桃树的心脏

哦，江嘎德萨依

一颗被时光之手掩藏的绿宝石

一朵摇曳在

哈萨克少女头顶的魅惑

注释：

*江嘎德萨依：哈萨克语，核桃沟的意思。

云上的恰西

像一只卧躺在草地上的羔羊
把身姿放低些
（甚至比那条奔流在深谷的溪水更低）
然后，竭尽虔诚地说出
这个令人心惊的地名：恰西*

恰西 ——
马背上的青年哈萨克凝视着远方
瞳仁里映出
月亮姑娘飞身投进爱河
湿漉漉的秀发，如同一帘飞瀑
纷披在美丽的传说里

一曲跳荡在冬不拉琴弦上的绝唱
将我带到云上的恰西
哦，飞奔的山泉涌出高亢的牧歌

随风飘向空中草原

散淡的毡房，像盛开的白蘑菇

在一桶马奶酒里啜饮日月

绿草无边——

牧羊人的黛色地毯，铺满了

牛羊肥壮的家园

来到恰西

我俯身滔滔不绝的溪流

竭尽藤蔓一样的缠绵

对葱郁的山岭、茂密的树木

以及烂漫的野花

致以赞美

就让这绝世的美恣意怒放在深山峡谷吧

就让我在浪漫的恰西

晕眩九百次……

注释：

*恰西：哈萨克语，意为少女的头发。

库尔德宁

我向这座庞大的森林宫殿走去

隐隐听到了雪岭云杉

集体的歌吟

这就是被游牧的阿肯一遍遍唱出的

库尔德宁吗？

我在这里，在一丛黑加仑的身旁

惊讶于山鸡慌乱地飞去

抑或是一星野草莓的

倏然跃现

这时候，远处的毡房

在淡蓝的光线里

醒目地绿了

深邃的库尔德宁

是谁遗落在高处的一方黛色头巾？

六月的草原上

转场的牛羊暗藏着身上的膘情

而牧羊女被突然的思恋击伤

松脱了手中的缰绳

柔软的晨露在草叶上张开了眼睛

忽闪忽闪的

炊烟袅袅升起

飘过风吹草低的地方

遮盖了马群留下的蹄印

苍鹰飞翔，放牧着一片片云朵

鹰翅的下面

库尔德宁抱着赭红的岩石望眼欲穿

哦，在世界的清凉处

草甸柔软，溪水清澈

这是每个牧人心中天赐的家园啊

当夜晚来临

马林草用雨水说出深山的秘密

我用甜梦谛听云杉的

心跳

想象塔力木

塔力木，栖居于哈萨克语中的

一个地名

是被某句唱词说出来的

想象此时在塔力木

我目睹流淌银子的吉尔格朗河

顺着婉转的山色

朝深处搬运碎裂的祝福

奔跑的山花啊，这草原上的星光

在六月里恣意怒放

照亮了所有红润的面庞

和钻心的爱

这些树木，这些林间丝绒般的苔藓

这些跳过枝杈的鸟雀

以及刚刚吹来的风

渲染着漫无边际的山色

想象我躺在了空中牧场的怀抱

悠悠翻飞的彩蝶

把我的目光引向一片葱绿

哦，远处散漫的牧人

仿佛马背上的神

踏着一辈子也唱不完的牧歌

把白云一样的羊群

赶往风吹草低的天堂

一碗奶茶里晃动的塔力木

一尾黄鱼摇响天空的塔力木

一朵羊肚菌身边做着甜梦的塔力木

一抹云彩轻吻的塔力木啊

想象塔力木，恍惚间

前方绿色的山影

用野草莓殷红的嘴唇

和眼神里的热烈

接纳我，并且安顿一颗疲惫的心

昭苏：青草的故乡

面朝昭苏，我为青草的故乡

写下一些句子

看吧 ——

光阴的马车，把风吹雪花的季节运走

留下了海拔高处

无边的草色

这时候，我开始写下一首诗

它来自庄重的心

安静、热烈

足够点燃月光下的牧歌

哦，那些油菜花、土豆花

还有香紫苏

用一泻千里的光芒

把高原的辽阔
唤醒

站在世界的早晨，是谁抬高了
我的眼睛？
视野里，鹰隼飞动的身影向远
翅膀拍响一片空旷

天边上，戴着雪冠的汗腾格里峰
俯视大地
仿若一个沉默的王者

现在，我写到了凉风吹袭的草原
在此起彼伏的
草浪之上
云朵的白掩藏了谁的
秘密？

我写完"昭苏"这个芳香的地名
草原深处的白羊
被词语惊动
纷纷走进了我的诗行

一匹马的忧伤

我宁可相信这是因为神的旨意
让我来到了
马背上颠簸的昭苏高原

在这里，我忽略了风吹草低
以及起伏不定的牛羊
只看见 ——
马厩旁伫立的一匹红鬃马
长久地低下头
兀自忍受着雪水河冰冷的
用意

红鬃马以远，十万亩青草摇动大地
十万亩油菜举起灿黄的灯笼
映亮了云朵

我注视的这匹红鬃马啊

任凉风吹着

眼神的忧伤里，暗含了

冰峰的沉静

旷野的苍凉

哦，红鬃马

这一刻因何黯然神伤？

是否，你已丧失了雕花金鞍？

抑或一场刻骨的爱情

背弃了你吗？

我和红鬃马慢慢地靠近

你抖了抖鬃毛

就像一个无望中的人

把落寞和节节败退的初恋

尽数抖落

一匹红鬃马的忧伤在草原上飘起

被风吹成了一缕轻烟

这时候，我把来不及喊出的疼痛

在内心里藏好

沙尔套山上

右边哈萨克斯坦

左边格登碑

中间流淌着沉默的苏木拜河

河的对岸：向西是异国的远方

一片片村落坐拥

辽阔的宁静

日光，堆上祖国的沙尔套山

敖包肃穆

石头冰凉

此时在松柏的山巅，我伫立

凝望——

白云之下，青草之上

三只奔忙的蜜蜂

是否在搬运一朵野罂粟花的香气？

而一万匹骏马逶迤在

草原的最深处

马背上的时光，像闪电一样

疾驰，远去

我的心，被清洁的风反复吹渡

一遍又一遍……

特克斯

飞鹰的翅翼下，有一个炫目的
特克斯

是被时光的驭手遗失的
大车轮吗？
在婉转的西天山之侧
放射的辐条
随日升月落而旋转

有骚客美其名曰八卦之城
口耳相传中
特克斯躺在易经文化的怀抱里
效仿悠久的古籍

从高处俯瞰：偌大的一张
蜘蛛网

在风中打开，转瞬

飘然落地

绕其流淌的特克斯河

宛若一段蜿蜒的

历史

街巷横斜，市声缭绕

繁忙的十字路口

唯独不见

高高挂起的红绿灯

顺着花草的方向

投石问路的人，误入迷魂阵

走着走着

花儿就开了

恍兮惚兮，天人就合一了

这就是众人称奇的特克斯

这是喀拉峻

黑色莽原，在海拔之上

被青草摇动

这是诸神置于高山之巅的

喀拉峻

当山花怒放

湛蓝的鹰，让闪烁的翅影

触及了一泻千里的

草色

木栏围拢

羊群安静

牧歌里的一匹黑走马

比闪电迅疾

比天空晴朗

星星一样的毡房

在乳白的晨光里缓缓升起

旧奶桶

被一滴露珠映亮

让早醒的孩子，因目击而

深深触动

凉风点燃了夜晚的牛粪

这个时刻

不眠的夜话从酒盅里

溢出

在月光下踉跄

草原横亘无际

四序的茶炊煮沸银碗里的

一枚日影

起伏的马背上，嘹亮的皮鞭

攫取一场热烈的

爱情

白云生处，一个孤单的阿肯

捡拾动人的辞章

交给牛羊去

颂唱

喀拉峻 ——
绝世而丰美的空中草原

那拉提短句

1

那拉提，栖居在两个州县的交界处
抱日而眠

起伏的草原上
恰普河盛满奶油色的祝福
哗哗流淌
像是阿肯嘴里吐出的
一长串唱词

2

哦，四月的那拉提草原
大地上的花毯

牧归的羊群，像一条涌动的河流

它们缓缓走过

萨尔吾尼的黄昏

每一个羊蹄携带的一小缕芬芳

被风吹送

浸透了阿依夏姑娘暗藏的

心事

3

稀薄的风声，翻过西边的野果林

在牧场深处消散了

这时，一场雨便追踪而至

草原上，两头奶牛紧挨着云层

啃食着安闲时光

雨丝飘忽，仿佛姑娘的皮鞭

轻轻抽打着马背上

陷于思念的青年哈萨克

4

在海拔高处，婉转的山梁

依然身披积雪

哦，那是神灵赐给草原的一条

白丝巾吗？

雪线下

野百合闪烁，一粒粒的光芒

在牧人佩刀的锋刃上

明灭

5

那拉提的春天

是从一棵草的根部开始蔓延的

这一刻

十万朵天山红花绽放

仿若热烈的火焰

灼亮了一位少女芬芳的

心怀

6

一只飞鹰，掠过成片的雪岭云杉

和悠长的雪水河

在空中草原的风景中闪现

溪流的拐弯处
安静的马匹正在低头饮水

远远地，一只出生不久的小羊羔
静卧在草地上
看上去像一朵雨后破土的
白蘑菇

7

炊烟冉冉升起，飘向蜿蜒的牧道
遮盖了牛羊的乱蹄印

醉酒的时刻，是谁的冬不拉
迎风弹响？
毡房外，有人看见
一匹走马披挂一身黑宝石
驰往努尔曼拜的草场

8

马背上的那拉提，在牧歌里漂泊
一千座朴素的白毡房

逐水草而居

一声从低处传来的羊咩

让草原一颤

由此获取了嘹亮的

心跳

察布查尔

1

一个奔跑的地名，在伊犁河左岸

被飞草般的锡伯文

一遍遍写出

大地起伏，掩埋骨殖

那一声悠远的念唱*，经久未息

2

八个牛录*，母语的摇篮

日升月落中

像花儿一样绽放

这些曾经的土城堡，藏着多少

人世悲欢

原野上——

一脉活命的布哈*之水

经年流淌

3

我知道，九只银狐的突然跃现

是不可道破的谶语

一茎椒蒿*，走进山地的深处

在一个人的眺望里

荣枯

4

一骑飞马的绝尘

一卷残破的史册

卡伦*啊！最后的戍卒从残垣上

走了下来，一张硬弓

泄露了

谁的悲凉？

5

风吹——

吹动芨芨草，吹动庞大的猎场

风吹雪花

散落漫天细碎的白银

狗吠凛冽

飞驰的马背上，猎手沸腾

仿如离弦的

响箭……

6

河谷以西的大地上

牛录安详

寺庙静穆

每一次日落，就是巨灵逐渐慢下来的

呼吸

注释：

*念唱：锡伯族特有的一种诵唱说书形式。

*牛录：相当于兵营。伊犁锡伯族八旗制度废弃后，牛录沿革
为自然村落。

*布哈：二百年前，锡伯族人工开凿的百里大渠，横贯察布查
尔县境，被锡伯视为"母亲渠"。

*椒蒿：一种野生植物，锡伯族十分喜欢食用，常用其炖鱼。

*卡伦：锡伯语，意译为台、站，清朝时期在边境地区设立的
哨卡。

西边的可克达拉

可克达拉，安居于东方小夜曲中的

黛色草原

被人们一遍遍地传唱

今天，跟随琴弦上跳荡的遥曲

我来到了可克达拉

看到一脉哗哗流淌的伊犁河

沿着蜿蜒的夏日，搬运

无限的祝福

奔跑的薰衣草啊，大地上的

紫色星云

在六月里一路芬芳

灼痛了所有善良的眼睛

我伫立在沙枣树的身旁

惊讶于可克达拉

坐拥如此浩荡的风吹麦浪

我望见 ——

那些连队、那些葡萄园

那些安静的牧场

和起伏的牛羊

以及散淡的烟火人家

在漫无边际的日光里相依而居

有谁知道，在可克达拉

那些沉默已久的铁犁

见证了多少垦荒者的眼泪与欢笑

如今的可克达拉啊

以烈日烹酒

以明月佐酒

任由英雄本色在踉跄中苏醒

并且燃烧

当我走进可克达拉的时候

辽阔的夜色

正在缓缓升起

这一刻，世界是安静的

而天边的半个月亮

竖起耳朵

屏息谛听可克达拉的天籁

天赐的喀纳斯

在喀纳斯，辽阔的安宁让风声

停驻在远处的山梁

十二月的雪

在灌木丛的枝丫上开了花

如同神的旨意的

一次传递

这个季节，戴着雪冠的木屋

被马拉雪橇运往

长满白桦树的一片开阔地

仿佛梦的童话

滑雪的猎人，从山顶上

俯冲而下

迅如大弓射出的一支支箭镞

受寒冷的派遣，无边的落雪

遮盖夏日里风吹草低的

纳仁牧场

向北的冰凌河

映亮一只黄羊悲伤的长角

雪夜里，是谁吹响了楚吾尔？

那一声苍凉

携带着一匹黑走马的嘶鸣

绵延了漫长的时日

这就是天赐的喀纳斯吗

那些深藏不露的仙草

躲过一场又一场大雪的追赶

在悠远的长调里

独自芬芳

在喀纳斯

随手推开寂静里的一道柴扉

总会步入灵的地界

白与黑

深冬的喀纳斯，黑白相间
简约到极致 ——

飞雪是白的
鹰隼的投影是黑的

湖畔盛开的雪蘑菇是白的
小树稀疏的剪影是黑的

披霜挂雪的松林
枝杈是白的，树干是黑的

一只羊羔钻出晨曦，是白的
一枚鸟影掠过低空，是黑的

木栅栏是白的，木桩上拴着马

它的鬃毛是黑的

图瓦木屋的尖顶是白的
安静的狗是黑的

屋顶升腾的炊烟是白的
炉膛内，木柴的灰烬是黑的

烧煮奶茶的壶是白的
墙上挂着的兽皮是黑的

喇嘛的须发是白的
孩子的眉毛是黑的

哦，比雪还白的是哈达
比岩石黑的是，一群遗民的忧伤

北疆以北

北疆以北
这耀眼的白扑向连绵的雪山
照亮冰封的天湖

北疆以北
所有的地名被漫天大雪收藏
禾木、白哈巴、喀纳斯……

北疆以北
结满雾凇的白桦林，淌出
缓慢的寂静
飞鹰凝住了双翅

北疆以北
深藏在林间的小鹿灵动跃现
恍如神驱遣的使者

所发出的梦呓

北疆以北

童话中的木屋散落在深山

与积雪相连的

是屋顶绽放的袅袅炊烟

北疆以北

图瓦人在雪谷最深的地方

用一棵草的心，把久远的传说

悠悠吹鸣

北疆以北

雪敖包上的神幡高过了天空

飘然进入一首诗里

图瓦人的村落

松林披着霜，木屋撑起雪

木栅栏围住白色时光

炊烟升起

酥油奶茶的香

夹杂着低回的呼麦

飘向沉静的阿尔泰山

晴空下，一个酒醉的男人

抱着拴马桩，扬起脸

与天对话

他把苍茫的心事

说给白桦树听，说给溪水听

说给风听

那嘶哑的呢喃

被一声狗吠点燃，一明一灭

远处，那条谜一般的峡谷

已被大雪封路

萨满天师舞之蹈之

芒德勒施 —— 图瓦语里的一棵草

在神湖边抱雪而眠

等待着来年，与春天一同

踏上返青的路途

高高的哈登平台上，雪花飘落

呼啦依 ——

祭敖包的人们

随呼喊声踏雪而歌

哦，图瓦人的村落

这里是海拔高处的小小天堂

譬如

边疆的屋檐上，二月的春雪

在奔跑

一片辽阔的雪啊——

而此时，一瓣雪花，携带一粒词

扑入我的怀中

我必须学习雪花的纯粹

清洁内心的尘土

是的，面对春雪，我会礼赞

并且写一首诗

诗里飘飞着漫天大雪

覆盖身体里的

荒凉

哦，轻盈的雪花，带着冰冷的白

从我的身旁一闪而过

仿佛一个人

返回

一夜霜雪的家园

我闭上眼睛，听着飘雪的声音

轻轻擦亮一些词语

譬如远山，近水，飞鹰

和春天

第二辑

伊犁河以南

《雅其纳》：一片疼痛的水声

1

伊犁河，从天边的云朵上流出来

一闪，一闪

仿佛柔软的一袭绸缎

流过蓝色的炊烟，流过

鱼鹰的翅膀

流进了母语的歌吟

《雅其纳》*：带着一丝鱼腥气的悲凉

在祖传的东布尔琴上

慢下来

落进清晨明亮的河水中

听见芦苇的响动

打鱼人被突然的思念击倒

空空荡荡的河面上

一叶孤舟自横

硕大的青鳇鱼从传说中

游了过来

鳞片的光芒

擦亮了遗忘中的隐痛

连绵的次生林

悄悄地潜入无边的夜色

凉风点亮的一簇渔火，辉映着

渔人深邃的眼神

和通往河边的羊肠小路

谁在飞鸟和鱼之间暗自落泪

谁把经年的渔船

泊在日渐浑浊的水边

在岸上，一位那拉氏＊老人

贯注于眼前的挂网

枯瘦的手掌

洞悉河水的秘密

更远的地方，一只水鸟拍翅而起

翅翼的阴影弥漫开来

覆盖辽阔的湿地

和低矮的栅栏

2

在河边，盛大的夏天是从

黄金的沙枣花

开始的

这时候有人看见

成群的鲤鱼

游过了西边的三道河子

芦苇丛生的河岸

延绵不绝

河风吹过水面，惊动了

一条水蛇或泥鳅

小小的睡眠

当一脉河水

流动着银子一样的月光

沉默的打鱼人

远在亮闪闪的波光里

哗哗响动

从暗处传来的隐隐约约的苇笛声

是谁起起伏伏的忧伤

水声里，三只野狐逃往远处

一种诡秘的气息漫起来

滑过沼泽地

飘进午夜的静谧

从春天到秋天，身居河边的渔人

用手掌收获雨水

和镶满珍珠的星星

用敞开的渔船

盛满黄昏时分波动的光阴

一丛香气四溢的椒蒿

高过眺望

而怀念中的湿意，使渔人内心的尘埃

在瞬间落定

注释：

*《雅其纳》：锡伯族民间广泛流传的一首古老民歌。

*那拉氏：锡伯族姓氏。

写写扎坤古萨 *

在这里，我必须写下一些

与扎坤古萨相关的

字或句子

此刻，我打马走过扎坤古萨的夜晚

和一首诗歌邂逅

越过词语的林木，我看见

高贵的八个牛录偎依在大地的身旁

安静地呼吸

在微凉的季节，秋天一步步地深入

并且悄无声息

我坐在高高的运草车上眺望

看见：布哈大渠像一条

飘动的缎带

铺展在母语的版图上

风吹过午后的南岸

广大的芨芨草一片片地起伏不定

由近向远

将天边的沙彦哈达峰轻轻摇晃

而镶白旗*帜下，重修的靖远寺

在我的眼前飘然升起

当银色月光覆盖扎坤古萨的一千座牛圈

一株寂寞的芦苇

已经离开了远处的沼泽地

扎坤古萨：散落在其间的房屋多么安宁

当雪花在山地飘落

我依稀记得庞大的猎场上，那些猎手

在马背上取下了激烈的野猪

和简单的光阴

在此时，我无力描述扎坤古萨所经历的一切

当我写下这个内心的词语

一泓热泪忍不住

盈满眼眶

注释：

*扎坤古萨：锡伯语"八旗"之意，锡伯族人对察布查尔的习惯称谓。

*镶白旗：锡伯族从东北西迁新疆戍边，按军政合一的八旗建制分旗而居，镶白旗即现在的孙扎齐牛录。

伊犁河左岸

在伊犁河左岸，缓慢的日照
凝固了起伏的旷野
风声，一阵紧似一阵
清洁醒着的麦穗
和绵长的小路

当最后的运草车，悄悄驶过
河岸的次生林
一只高贵的狐狸
长久地注视着一袭黑夜

这是早年的一个黄昏
年迈的牛录章京*
解甲归于田园
他翻身下马，取下弓箭
枯坐在浑圆的落日里
怅然而望

眼睛里蓄满伤感的风暴

而远处的水源地上

长满了

暴力的青草

一百头母牛穿过这里

走进静穆的牛录

沉重的牛蹄，踩痛草根的

秘密

是谁，用蓝色的火焰

点亮雪中的灯盏

一声声悠远的念唱长调

覆盖了整整一个

漫长的冬季

在伊犁河左岸，高处的三棵榆树

举起了辽阔的天空

一丝怀想，让远逝的时光

更加苍茫……

注释：

*章京：汉语称"佐领"，锡伯八旗之牛录官员，掌管所属户

口、田宅、兵籍、诉讼诸事。

对一茎椒蒿的吟诵

我碰见了椒蒿，一茎生长在布哈之畔的

自然主义的椒蒿

这时，我用母语的秩序

说出了滚动在骨髓里的词 ——

布尔哈雪克

没有哪一种野生的植物，像椒蒿一样

深入民间的最低处

口口相传

在春天的下游，从河岸到山地

一丝微弱的清香

被带着鱼腥气的风，一遍遍吹送

一片片吹送

沿着叶脉的河流，一尾鲤鱼纵身一跃

成为一种集体的风俗

是的，这是椒蒿

我以一曲吟诵调的方式，把它

轻轻地放置在

苍绿之地，它的传递由内而外

充满了草药的滋味

当神秘的椒蒿悠然出现

并且靠近我，这时

我发现：一抹绿意在它的草叶上战栗

纤维里奔走日光的泪滴

在词语和追忆之间，有一个

短暂的静默

这是椒蒿在持续着永久的隐秘

我的血液里，肯定有一茎游动的椒蒿

它在命定的道路上

无以言说

于母语之外，椒蒿

还有一个唯美主义的名字：鱼香草

这是伊犁作家谢善智所赋予的

诗意的命名

沙枣花开

春天深处，星星点点的沙枣花
安静地怒放在枝丫上
它们，像是海兰格格迷离的眼神中
掩饰不住的热烈
使我目眩

我有幸与它们邂逅
惊讶于蛋黄的云片之上
涌现世界的火焰
朴素的迷香
在蝶翅上飘忽着我的心跳！

栖在草棵间的微风，从河对岸
吹了过来
在沙枣花的脸上
翻动一只蜜蜂短暂的睡眠

这细微的一幕
暗含着神秘

而在此时，我想象一簇簇
沙枣花
以遗忘的速度
扑向灯盏上的牛录
它让我承受了措手不及的疼痛
让我从白日梦里无法抽身

眺　望

极目所见：八只温顺的黑褐色小牛

静卧在草木间

这是喜利妈妈*庇佑的

八个牛录

再往南边看——

首先进入视野的，是摇曳的麦田

和静静的芨芨草滩

其次就是

梦一样飘动的布哈大渠

（它是母亲眼里淌出的一抹泪水啊！）

然后是日光追击下的

沙彦哈达雪峰

在天边，它白得耀眼

纯粹到极致

接下来，我的目光捕捉到一只

自远山密林中

惊飞而起的苍鹰

鹰翅之下，绵延的山地涌向远方

一浪高过一浪

伫立在这里，我看见 ——

天在天上蓝着

这时候

几声虫鸣，打断了我最后的眺望

注释：

*喜利妈妈：原始宗教信仰在锡伯族中的留存之一，

是保佑子孙繁衍和家宅平安的女神。

托博*，托博

沿着这条细长的小路，走下去
就会与托博
迎面相遇

像最初的摇篮，这小小的托博
养育着缓慢的时光
和半个月亮的
天空

在托博，我走进落日里
听见谁家的牛犊
在不动声色的栅栏杆下哞哞叫唤
这声音的鞭子
一寸一寸抽痛了我的神经

不远处

那片沼泽地闪着柔软的光亮

风吹芦苇

摇曳的白羽，就像

人的呼吸，更像托博的呼吸

托博，托博，母语中的一个名词

牛眼里的一颗泪滴

我对托博的千百次问讯

总是无力说出

注释：

*托博：小于牛录的庄子，住户通常只有七八家不等。

最初的雁鸣回响在辽远的天上

最初的雁鸣，穿过一片云朵和另一片云朵

回响在辽远的天上

而山地的残雪

在缓慢的日影里正一点点消隐

趁着春色还没完全褪去的时候

我来到了河岸

次生林里的沙枣花香扑闪着蝶翅

突然间向我袭来

我的身旁，安静的马牛羊走过

它们梦一样的眼睛

惊得我几乎停止了心跳

也是一个春分的午后，我登上土城墙

正红旗的屋顶一起一伏在眼前

栖居于此的那些人家

烧尽去年的麦草

日复一日

安享比烟火还要简单的生活

小路朝东，流水朝西

风，提着蓝色的月光匆匆赶来

用微弱的力量

把广大的麦苗从睡梦中吹醒

此时，我清晰地听到田野的床榻之上

响起轻微的呻吟

当最初的雁鸣回响在辽远的天上

我看见散淡的牛录

正在被草根围困

而悠长的时日，比远更远

比轻更轻

疼痛来自旷野辽阔的苍茫

干热的白天在河谷里停驻

久久不散

这时，我目睹了金黄的向日葵

顺着夏日的阶梯

一步步向静穆的牛录靠近

灯盏的外面，越来越凉的风跟着月亮

缓慢游移，像流水

和那片低低的草茎纠缠不清

幽暗的沼泽地里

稀疏的芦苇停下了奔跑的脚步

让我的身体

和它纤细的腰身一起颤动

而梦游的人带着刻骨的病根

寻找着来世的路途

以及热烈的幸福

面朝七月，我看见一脉远山

拽着深蓝色的忧郁

奔向大地的深处

远远地，一个男人和一个女人

骑着风一样快的黑走马

去了水磨沟

我知道，那里一幕幕

寻常生活的场景

当暮色降临

一条小路卧躺在长满芨芨草的野地里

起伏不定

就像赶车人随手挥起的一道鞭影

沿途，砂砾滚烫

竟把我噙满泪水的眼睛灼烫

细小的疼痛来自旷野辽阔的苍茫

云朵的呼吸弥漫开来覆盖了田园

上个月的那块积雨云挥别了烈日

就再没有回来

风吹河谷，由绿变黄的草滩

让我想起藏身在遥远地方的一场雨

咸咸的泪滴

如盐粒，散落在干涸的坡地上

我看见麻雀灰蒙蒙的踪影

在树枝间一闪

给了这个漫长的酷夏些许生机

高高的白杨树下，我迎面遇见

土丘背后的水磨房

推开木门，早已停歇的大磨盘跃然入目

上面布满了时光的浮尘

而烟叶地里，斑驳的昆虫在土粒间

起伏，或隐现

闷声闷气的一丝响动

让我听到了正午天气里细微的沮丧

这样的时节，敞开的打麦场

坐拥如此热烈的日照

一束麦芒，在我的母语里

从另一个方向穿越漫无边际的晨昏

我想象低处的人

在荒草的缝隙里愁肠百结

小小牛录，像枯槁的草木一样

在灼热里凝住了脚步

似乎在等待一场灌溉

左边是炊烟，右边是尘土

我感觉云朵的呼吸

弥漫开来

一点一点地覆盖了被祈祷过的田园

寂静从飞鹰的翅翼上滴落下来

这个叫浑都科的地方离我很远

仿佛草率的石头

被失神的骑手无意间扔出

今天，我置身此处

几乎望不见北边的牛录

只有寂静，从飞鹰的翅翼上滴落下来

发出无声的巨响

苍穹辽远，一只乌鸦嘶叫着飞起

旋即又落回墓园

像一簇黑亮的磷火，在我的眼前闪了闪

山影的侧边

风中的芨芨草蓄足了暴力

来回抽打空旷的日光

由它拧成的一袭草绳在虚空里蜿蜒跌宕

越过栅栏

在时间深处把我的身体缠绕

这一刻，我出神注视的土拨鼠

不安地四处张望

飞蹿之际，把小小的孤独带向远处

水源地的近旁

割草的人从草浪之上抬起头

正好看见

灼人的盛夏一再穿过

长长的河谷

站在这里，更深的寂静从飞鹰的翅翼

滴落到我的头上

恍惚间，我慌乱的心

渐渐地安静下来

从一粒汗滴开始

车辙里的浑都科一日长于百年

忽 略

伊犁河以南，十万棵沙枣树

举起灿黄的火焰

照亮五月

而那些奔忙的蜜蜂

忽略了一茎瘦弱的椒蒿

如此绚烂的日光下

春季沸腾

云朵忽略了湛蓝的天空

大地芬芳

蝴蝶翩飞

其中的一只忽略了花开的

速度

沿着炊烟的指向

八个牛录坐入缭绕的晨昏

田野浩荡

正在灌浆的冬小麦

忽略了吹拂的风

明月之夜，草木无言

睡眠忽略了鸟儿的鸣啭

像疲倦的耳朵

忽略了

吟诵者的一咏三唱

望见燕子斜飞的家园

谁忽略了热泪？

一如内心战栗的我

离开了

日思夜想的故土

一夜飞雪

一夜飞雪

遮盖牛录偏北的芦苇滩一带

绵延几十里

在冷得让乌鸦拢住翅膀的

十二月里，旷远的雪野

承受了一切

曙光升起

当微茫的天空压弯

猎人小屋旁一棵孤独的

沙枣树

拴马桩边站着打盹的红鬃马

猛然喷出了

几声响鼻

旋即，被一小股风渐次

吹灭

视野里，千万朵雪花飘落

像是漫天飞舞的蝴蝶

随着一声呼哨

猎犬窜去，让人误以为

鹰在云里飞

那些撒围的猎手

挥动沉睡已久的大头棒

在激烈的马鞍上

获取荣耀

和集体的宴饮

在河岸，次生林的枝丫间

挂满了大片的寂静

芦苇的身旁

冰雪囚禁河流的激情

远处，一只大雪追赶的野兔

忽隐忽现

那跳跃的身影

是这个冬季最柔软的

痛……

沙彦哈达峰的雪

想起冬天
想起沙彦哈达峰的雪

那季节，雨水离我们很远
鹰翅的下边
是九百只黄羊奔跑的山谷
和静静的河道

月亮照临大地
激烈地踏雪而舞
让石头走动
让大禽逃遁
让牛车上的家园，在雪夜里
安眠

河谷以远，马背上的猎人

从次生林里走出来

燃起牛粪火

一簇光焰

漫过寂静的猎场，抵达

雪山的高度

想起冬天，想起沙彦哈达峰的雪

这一刻，有银子的光芒

在骨缝里穿行

并且照亮我们的

内心

第三辑

牛录册页

牛　录

牛录想起来很温暖

这样的时候

我们就站在最高的坡上

随便望望

而牛录就在这儿

在满是草木气味的地方

眼看着日头西斜

自然而然就想起过去的年月

和丢下我们的先人

和睡在土堆里的

正红旗*章京

这时候

家园就在眼皮底下

样子很古朴

不知多少代了

那些养育我们的人民

一年到头

总是把激烈的马鞍放进胯下

总是把弓箭和铁锨放进手里

总是把脚放进田地

流汗流泪流血

而牛录确实温暖

想想这一点

人心里就舒服得要死

烈日下，我们这样站着

广大的玉米

把目光遮挡得很短

却让我们看到了

丰收的年景

日出日落

人们为牛录活着

这很好

注释：

*正红旗：锡伯族从东北西迁新疆戍边，按军政合一的八旗建

制分旗而居，正红旗即现在的堆齐牛录。

作为锡伯人

作为锡伯人

我懂得怎样经营一生的农业

注定我常年厮守在堆齐牛录

与母语和土地

相依为命

而牛录和牛录以外的田园

在我的眼前亲切如初

更多的时候

我就置身于庄稼的境界里

让新鲜而湿润的清香

穿透肌肤

致使我自灵魂深处

长出粮食的精神

我想起高粱

亦想起善良的父兄

这些在土地之上种植生命的圣者

毕生含辛茹苦

不容易啊

一把祖传的无法拒绝的镰刀

是我唯一值得热爱的

东西

守望家园，其实是一种享受

在堆齐牛录

我醉心于春种秋收

并且养活诗歌

在察布查尔大渠边想起图伯特

其实是水先于庄稼来到这里

比水来得更早的是

一群部落后人和

他们的首领

图伯特*

那年月，缺水的河谷

一片荒凉

图伯特这个扎坤古萨的总管

为了部族的生存

带着父老兄弟

来到伊犁河边开渠引水

屯垦戍边

他和他的一帮人马

顶着很干的风

挥舞铁锹

把血汗在身上流尽

历经七个年头

创造了叫作察布查尔的百里大渠

这脉活命的水啊

流过寨牛录孙扎齐牛录

和乌珠牛录

从清王朝一直流到

今天

在这片水声四起的地方

比水更加深入人心的是

英雄图伯特的

鼎鼎大名

注释:

*图伯特:锡伯营总管,曾于1802年起带领锡伯族军民历时七年开挖出全长100多公里的察布查尔大渠,开垦出20余万亩(约1.33万公顷)农田,使锡伯族军民的生活大为改善,也保障了戍边军的供应,为守边固边做出了贡献。

西迁部落（组诗）

—— 写在锡伯族西迁伊犁230周年之际

向西

载着岁月疲惫的风尘

牛车上的部落

迤逦而行

悲壮得无与伦比，这荡气回肠的

万里西迁

仿佛一丛临水的芦苇

被一场突如其来的大风

吹到深不可测的

苍凉之地

远行的人们面露霜色

怀揣一把故土

以及黄金的种子

向着滴血的夕阳靠近

迟缓的车轮，怎么也走不出

一声声绵长的呼喊

此时，家庙张开神性的手掌

抚摩了所有

悲凉的心

而在迷离的泪眼中

向西的兵阵

渐行渐远

辚辚之声碾碎了沉重的漠北

悠长的辙印啊

一直把空旷带向天边

从东到西

一条洒满血泪的荆棘之路

卡伦古道

漫漫长路，像一条蜿蜒的飘带

一直铺向更西的天际

古道两侧

左边是戈壁

右边是河道

叫作辉番卡伦的台站

在辽远的地方

持续着牛录戍卒的锋芒

就像直逼中亚以西的

箭镞

正是早春时节，西风吹白了前路

铿锵的马蹄

踏碎了无边的岑寂

去者的身影冲破重重浓雾

一路打马向西

这样的时辰

沉默比寒气更深

愁肠比路程更长

正红旗披甲＊手中的一根马鞭

传递着

隐忍与疼痛

尘埃飞升中，谁把祖传的硬弓

横陈于古城墙之上？

在天边，一簇牛粪的火焰

向旷野的残月

招摇

注释：

＊披甲：锡伯语叫伍克辛，意为兵卒。

农历四月十八

—— 为锡伯族"四一八"西迁纪念日而作

这一天，清朝的天空乌云密布

来自云层的风

吹动泪水，吹动

锡伯家庙前的八面旌旗

这一天，四千个族人

忍痛离去

哭声归于一抔故土

而辽河左岸的一轮圆月

曾经照亮了

箭影、情歌和笑靥

从这天起，它只能辉映着

十五个城池的苍茫时光

盛京以北：沿途挤满了走兽

荒草以及蚊蝇

远行的人们，把两手

放在心窝

让整个家园在这里停留

向西，向西！

从故乡到异地，一路兵车辚辚

一路冷霜残月

一路山川和蛮荒横陈

卡伦在天边，命运在天边

关于六十年—换的谎言亦在天边

亡者的尸骨掩埋于途

一如远徙的候鸟

睡在了天上

四月十八：牛车的兵阵

从农历出发

用不可言说的坚韧

铺展一脉浩浩荡荡的悲壮走向

春天的深处

走进春天的最深处

农事在身边

渐渐如草木生长

一个有声有色的季节

很新鲜地，站在

土地上

春天里，一片水声

自牛录的南边

响起，因而使田野的面容

生动无比

抬头望，我们和家园

在阳光茂盛的地方

相依而居

在牛录，我们一如汗滴

和脚下的土地

神交已久

一想起庄稼

总有一种亲热的感觉

以水的形式

渗进血液

并且让我们咀嚼

一粒粒的悲苦喜乐

这时候，所有善良的眼睛

都蓄满了一生的欲望

走在春天，有一声

野唱，亦尾随我们前行

日子与日子之间

我们常常重温牛录

以及粮食的

恩泽

堆齐牛录

在一个叫作堆齐牛录的地方

雨水很少

苏慕尔氏＊的人们

和一些石头

随意地生长在那儿

空旷的阳光里

芨芨草滩一望无际

堆齐牛录

落入夏日巨大的掌心

坚守一种精神

两三声犬吠

自芦苇篱笆后而袭

使整个村庄生动起来

这时候，亲人们脚步飞驰

走近与酒有关的

好日子

在一架牛车独行的黄昏

干草的芬芳

弥漫开来

盖过先人的墓园

一片片被风吹进我们的肌肤

堆齐牛录是个吉祥的牛录

在古朴而神圣的母语里

咀嚼着沉重岁月

坐守在这里

是谁的眼睛让我的灵魂

疼痛九万九千次？

注释:

＊苏慕尔氏：锡伯族姓氏。

逝去的牛车

最后的牛车走在落日的边缘

辙印深刻

辚辚之声如祖辈的泪光

直抵我的内心

漫长的岁月背后

牛车飘摇，孤独且忧郁

我穿过时间的河流

以诗歌的方式，同牛车接近

看见故乡的草木间

久远的人们乘坐其上

沧桑之极

多年以后，疯狂的牛车

一万次地驰进

河谷的中心

使牛车和牛车之外的村庄

更加纯粹

凉风吹走落日

我看见亲人围在远徙的牛车之侧

抚轭恸哭

牛车离去的早晨

我的泪水已经干涸

木 犁

木犁越来越远

远得让我们想不起

它寂寞的名字

在月下，我们

渴望一张痛苦的木犁

这时候，耳畔似有广大的玉米

发出黄金的歌唱

而早年的人们尾随木犁

在土地上流浪

闪亮的犁尖扎入春天的深处

让血汗开出花朵

让骨头疼痛

木犁越来越远

如一道闪电划过我们的

记忆 ……

从东到西

从东到西，花朵开遍了

每一个牛录

人们怀揣着祈福和盐

沿空旷的阳光

投奔麦粒

当一脉春水

漫过褐色的田园

亲人们打点祖传的铁

从花朵出发

沿途种植钻石的玉米

和一生的爱情

五月的尽头，有一架

高高的运草车

走过图克色里氏＊荒寂的墓园

走过黄昏的边缘

静静浮上远天

八个吉祥的牛录啊

于炊烟之上

盛开花朵的芳香

辛劳的人们脚步缓慢

一路向晚

踏响了母语的歌谣

民间的高处

民间的高处是第四个牛录

河谷以西

一个人望见正红旗的

土城墙

河谷以西

第四个是父亲的堆齐牛录

劳动的人们

置身乡愁

仰望土地

远处的野坡风吹草动

河谷以西

亲人们乘着阳光的翅膀

把芬芳的干草

运回村庄

第四个牛录是祖居的牛录

人们用汗水和泪滴

浸润家园的

内心

深入民间的第四个牛录

深入一片烟叶

河谷以西

粗犷的歌谣遍地响起

在路上

在西边的路上，高出早晨的

青草气味

被凉风掀动

一个苏慕尔氏的人民

怀揣雨水，把麦穗的神谕

撒向劳作的深处

日光照耀

连绵的草滩空空寂寂

亲人们安居水边

用一生的血汗

陪伴这片深邃的土地

马匹嚼草的响声

使远去的人

想起了美好的睡眠

在路上，忧郁的牛车

装满干草，翻过了

西边的太阳

自民谣的动情处

牛录的人们

把金子一样的泥土

送上家园的

屋脊

浑都科的秋天

这就是浑都科

这就是在母语里一次次说起的

远在云朵之上的

浑都科

当秋天已深

浑都科的原野满是苍凉味儿

这时候，你就看见

那片一望无际的芨芨草

它们，站在风中

摇曳起伏如大地的呼吸

于群鸦飞起的正午

这些野生植物的家族

营造一种氛围

瞬间，我们的整个身心

就不由自主地

陷入其中

而我们的眼睛

被漫天遍野的光芒

灼伤

在一切生长草木的地方

唯有浑都科的秋天

令人感动不已

爱新舍里

爱新舍里

实际上是早年的正白旗牛录

瓜尔加氏或者

伊尔根觉罗氏＊的人们

守在布哈大渠边

养儿育女

爱新舍里盛产泉水

也盛产民歌

七月的爱新舍里

那些被称为玉米的作物

随处可见

在泉边，我目睹善良的羊们

埋头啃食广大的青草

更远的地方

还有两三个人民

顶着很毒的日头挥汗劳作

他们的姿势

意味深长

就像几株朴素的小麦

正在膜拜

土地

这就是正白旗的爱新舍里

被一个外乡人赞美的

牛录啊

爱新舍里

——金子的泉水

注释：

＊瓜尔加氏、伊尔根觉罗氏：均为锡伯族姓氏。

苏慕尔氏的人们

这些正红旗下的

苏慕尔氏的人

长年累月

在远远近近的地方

奔波

或安居乐业

翻遍家谱

苏慕尔氏家族基本上没有章京

也没有萨满

这些苏慕尔氏的人

几乎全是布衣

写诗的阿苏

便是其中之一

苏慕尔氏的人们

酷似自然的野生植物

他们离诗歌很远

离土地很近

这些在牛录怀抱里长大的

苏慕尔氏的人啊

一生一世

把自己热衷于劳动的手

和虔敬的心

交给了身边的

家园

天刚亮

天刚亮，我们就来到田野上

所干的活儿

就是把脚放进土里

把一冬天积攒下来的牛羊粪

撒出去

然后扶着铁犁

开始耕种

田野上是松散的土粒

以及勤劳的我们

太阳爬上来

随意地照在我们身上

坐下歇歇

抽一支莫合烟

我们的眼睛

看看脚下的田地

再看看牛录深处的事情
就流了泪

而脚下的这块地确实是
我们的
这时风吹来又离开
这时我们就不由得想起
祖坟里的先人
他们丢下的土地
真够神的
能让我们长精神
能让我们有一些好日子
过得还很舒服

眼下真是好天气啊
我们就这样
把力气花在这片肥沃的
田野上

空 旷

晴朗得令人心碎，河谷以西的
这片天空。一只飞鹰的
孤独
就从这里蔓延

乌珠牛录、果尔敏芒坎、托博
这一连串沉重的地名
被忧郁的歌手一遍遍唱出

而珍珠般散落的泪滴
在辽远的旷野
飘然灼亮

一夜秋风，吹散了马背上的云朵
内心荒凉的人啊
打马翻过了

沙彦哈达雪峰的高度

正午的烈日下

艾克草散发出略微苦涩的气味

鸟飞走了

却把空旷留给了空旷

一个人的旷野

一条羊肠小路，携带着

遍野的石头

奔向远方

一个瓜尔加氏*的骑手

在黑夜来临前

卸下了

疲惫与空阔

此时，一袭正红旗的土墙

垂挂于远远的天幕

传说中一匹火红的马驹

穿过干干的沟壑

跑遍了浑都科的整个

夏天

一丛红柳的近旁，被酷热追赶的

羊群，已经丧失了

青草和泉水

有一只猝不及防的鹰隼

猛然把天空抬高

一个人的旷野

就这么猛烈地铺展在天地之间

注释：

*瓜尔加氏：锡伯族姓氏。

寂　静

一架三套马车，拉着芬芳的干草

渐渐走远

这时候，寂静落下来

像一层薄薄的烟岚

笼罩了叫作浑都科的

小地方

太阳对面的草滩上

芨芨草漫无边际，闪着

暴烈的光芒

一只孤寂的鸟儿，从空中低低飞来

在一丛红柳旁

收拢翅膀

邻近的坡地上，一条小路

蜿蜒飘去

一队无人照看的牛群

从布哈渠的拐弯处，缓慢地

走向远远的山地

风吹草低，四野空旷

只有寂静！大片大片地

落进

更深的寂静

牛录一日

东天边的鱼肚白，落进了

父亲的海碗里

奶茶滚热

灶台边，炊烟袅袅

格格*亦袅袅

太阳一般的大饼

在热锅里三翻九转

漾起一股麦香

午后的光线，推开朝南的窗棂照进来

映在

土炕的雕花木柜上

一头驮水的驴

咔嗒咔嗒

穿过一条深深浅浅的胡同

走进深深浅浅的

黄昏……

注释：

*格格：锡伯语"姐姐"之意。

苍 凉

秋色，沿着布哈大渠蔓延

满目苍凉

星罗棋布的干草垛

蹲在水源地上，仿佛一把把

饱满的乳房

展露粗糙的曲线

天气已经转凉。瓜尔加氏的

墓园里

又添了一座坟头

一个老人

高高地坐在正红旗的残墙上

凝望着什么

凉风中，远山在芨芨草尖摇晃

有关牛录的六个片段

开　春

今年开春后的这场风

从东边的野外

把果园里新开的杏花

吹得落英缤纷

飞花的香气四处弥漫

浸透了整个牛录

一冬天耽于甜梦的人们纷纷醒来

循着流水的声音，追赶

疾驰的种子

更深的绿

天气转暖

婉转的水声从几里外的

布哈大渠传来

渐渐和云上的雁鸣交织在一起

恍惚里，一脉春意

从白杨树梢向四面流泻

把更深的绿

送往更远的地方

从凉风开始

从一片凉风开始，夜的纽扣

被谁的双手

悄然解开

隐身的两匹马，溜出栅栏

去了芦苇滩

——安静些，再安静些

此刻，父亲的牛录

躺在十五棵榆树的下面半醒半梦

一再领受着

月亮神的眷顾

一场雨

一场连绵细雨，不紧不慢地

下了两天一夜后

渐渐停歇了

它适合于田里的冬小麦

静悄悄地生长

雨过天晴，谁家苹果树的叶子

在斜阳里闪闪发亮

就像姑娘们绣花坎肩上的金饰

而远处的流水

穿过鲜亮的鸟叫声，加快了

奔跑的脚步

晨　光

起初是一声鸡鸣，紧接着

两声、三声……

高高低低的屋顶上炊烟袅袅

很快和天边的鱼肚白

混为一体

从山地蹦跳而来的一泓流泉

在晨光里忽闪忽闪的

像是阿吉格格明亮而迷离的眼神

随后，牛录的太阳

也睡醒了

已经挂在树梢上

收　藏

落日的对面，一头饮水的奶牛通体金黄

它抬头望了望静静的河岸

干热的风吹来

淡紫色的苜蓿花

在摇曳的草浪之上

展露笑靥

一只不知名的小鸟倏然掠过沼泽地

像飞翔的火苗

擦亮了一茎椒蒿小小的寂寞

这时，空旷的远山

一点一点地

被黄昏巨大的翅翼收藏

挽　歌

——佛营土城堡记述

一片沸腾的烟火，挥霍了

大地的时光

一袭斑驳的盔甲

在口耳相传中，攫取心跳

一截废弃的残垣

完成了

最后的坍塌

佛营：一座曾经的土城堡

堆齐牛录的前身

随着风伴着雨

已然搬到鸡鸣狗吠的

家园

在路上，谁把久远的念唱

交给了半个月亮

是谁，将一张寂寞的硬弓

斜挂于落日

深秋已远

这低矮的荒草，满目枯黄

想象西风吹袭时

稀疏的芨芨草举起瘦弱的手臂

摇动土城堡

高墙隐现

垛口起伏

残月灯盏下，黎明的牛角号吹响

呜呜之声

携带着凝重的颅骨和迟暮的

悲情，飘逝在挽歌的

深处

我们的祖先

祖先们西迁的传奇

在清朝，战盔峥嵘

盛极一时

八旗之下，牛角号吹鸣

黎明即起的披甲

口诵祖训

攥紧了手中的硬弓

旷野飘然

马蹄铿锵

远戍卡伦的侍卫披挂前往

酡红的夕阳斜挂天边

仿如一轮浑圆的

铜镜

牛录营盘里：念唱调声声入耳

经久未歇

回声里，一个又一个孩子

长成了饱读兵书的

巴图鲁*

在塔尔巴哈台，或沙尘里的

喀什噶尔

沸腾的战马驰骋沙场

马背上，勇士们弯弓飞镝

风卷残云

时光凛冽，尘世间过往的

爱恨与悲喜

在一碗烈酒中踉跄

以伊犁河岸的沙枣花为例

我们的祖先

带着一生的疼痛

在口口相传的大地上

兀自流芳

注释：

*巴图鲁：锡伯语，意为英雄。

盛京纪行（组诗）

去了趟沈阳

顺着早晨，开往沈阳的动车组

飞快地穿过一些异乡

到达目的地

我 —— 像一片被风

吹着的树叶

静悄悄地飘进了这个在母语里

称作"mukden"的

盛京老家

这天是二〇〇九年六月二十一日

正午的阳光亲切地照在身上

感到很惬意

我礼貌地走在去往锡伯家庙的路上

看到沈阳故宫很历史很文化

北陵大道很现代

穿城流过的浑河水

浑而不浊

样子很温顺

遥想乾隆那个朝代

或者更早一些

当年的祖先在盛京地方或坐卡当差

或渔猎耕田

打点着缓慢而急遽的时光

持续着一代代的光荣与梦想

尤其叫人动容的是

在一个月明星稀的夜晚

阿哥的绰伦琴声在水边响了起来

外出采集归来的格格美目盼兮

不小心被绵长的情丝

绊了个趔趄

我风尘仆仆，自万里之外的伊犁

远道而来

在祖先流血流汗流过泪的地方

见见骨肉亲朋

再看看山水景致

然后寻寻苏慕尔氏的根

此刻我有理由想起

祖先的那些旧年往事

那次空前绝后的

西迁远行的生死壮别

是的，这是我第二次去了趟沈阳

我想我还要去第三次

甚至无数次，因为那里是

我的根之所在啊

虽已远行，却在近前

夜宿新宾

辽东的夜晚如此安详

恰好适合我

想一想白天来不及想的事情

大概是下午三点钟

铆足劲儿飞驰的国产轿车

把我带到了一个

叫作新宾的满族自治县

随后发生的自然是一番握手寒暄

觥筹交错

是夜下榻新宾宾馆，我已经醉意缠身

睡意全消

我的同族兄弟 ——

沈阳的学者何荣伟先生谈兴正浓

和我谈论后金的历史

恍惚间，我分明感觉到距此不远的

赫图阿拉地方

在一卷满文古籍里

等待我的造访

事实上，这仅仅是一首诗而已

一些不必要的细节

完全可以忽略

但是在新宾

我无法避开赫图阿拉这个地名

这时候，有一丝清风

在我的骨缝里穿行

它似乎从几公里以外的那座废都吹来

一行行飘逸的满文

像夜空的星辰

在我的眼前坚忍不拔地闪烁

置身今夜，和兴京都城如此之近

我自然就想起

非凡的努尔哈赤

天命朝的那个老汗王

他率领他的八旗铁骑所向披靡

横扫天下

至死都没有从马背上卸下

激烈的鞍鞯

在新宾山地，赫图阿拉支起夜的耳朵

安静地听着我的酒话

其实这很好

我说：在下苏慕尔氏人

正红旗锡伯也

来自新疆察布查尔锡伯自治县

通晓满语

随着时代变迁、社会发展

民族融合、语言相通、民心相通

车过永陵镇

在通往萨尔浒古战场的路上

我遇见的一座座青山

很绿意地

在或近或远的地方此起彼伏

这让我一次次

抬头又低头

现在，我乘坐的小汽车扬起尘土

奔向远方

一辆喘着粗气的中巴车

在车窗外一闪而逝

车身上写着的"八旗快客"字样

十分醒目地闯入我的眼帘

令人顿生隔世之感

等我点起一根烟的时候

永陵镇扑面而来

心里不禁生发出些许感慨

据介绍，古镇以北坐落着皇室的陵寝

称为永陵

努尔哈赤的列祖列宗

全都睡在那里

永陵镇便由此得名

此刻，与安静的永陵镇擦肩而过

胸中漾起了

后金天聪朝的涟漪

我想起生于斯长于斯的达海巴克什

一个旷世奇才

他奉旨对初创满文进行了

很艺术的革命

用点睛之笔，化腐朽为神奇

让这种文字随之摇曳生姿诗意横生

满眼是行云流水的景致

从此，一个王朝的历史在书写中

像花儿一样绽放

我和永陵镇

很像一场前世注定的邂逅

作为匆匆过客

这里几乎没有人看到我的身影

回头望望越来越远的

永陵古镇

嘴里的烟味渐渐浓了起来

我默默地向这个人杰地灵之所在

微笑着致意

看到辽河

我说不出更多的理由

就这样直接站在

辽河的身边

这条河流比我想象的更开阔一些

更张扬一些

它的左侧是午后的一片宁静

然后是三个锡伯族乡镇

看到辽河，我对它竟然没有陌生感

就像相识多年的老朋友

只是感觉相见恨晚

面对外省的这条大河

眼前闪现出

远在察布查尔的那条美丽的母亲河

我突然间发现

辽河与伊犁河有着相同的模样

相同的颜色

和相同的温度

酷似一对孪生姐妹

就连拍岸的惊涛也是步调一致

而且同是

一江春水向西流啊

史书上说，在康熙年间

被迫的祖先从丰饶的松嫩流域

南迁到辽河左岸

择草木而居

经营着起起落落的年月

很多时候，人们

身着晨曦下河捕鱼，一直到

长河落日圆

刚刚巡边归来的牛录披甲

饮马河边

一颗蒙尘的心

被清亮的水声洗濯干净

一天天过去了，一月月过去了

动人的《雅其纳》歌谣

从春天唱到了风吹雪花漫天飞

坐守这里，所有的苦和乐

曾经的爱恨情仇

基本上和辽河有关

而眼下，我和辽河之间的距离

仅有一步之遥

看着它不急不缓地流淌的样子

我的心也像波浪一样

摇晃起来

是的，以母语的方式

我深爱着河里盛开的每一朵浪花

和岸边的一切事物

写在后面的话

对我这样的新疆人而言，是听着《我们新疆好地方》这首歌长大的，要说新疆这地方的"好"，着实值得我们去大书特书。因受笔力所限，我这些浅浅的诗，也只能呈现大美新疆的"冰山之一角"，读者诸君只有自己深度体验后，才能对这方水土有个全面而准确的认知。

新疆地处祖国西北角，是古丝绸之路的重要通道，是离大洋最远的边疆省级行政区。这里，自然风光秀丽，文物古迹众多，风土人情独特；这里，农耕文明和草原文明交流融合、取长补短；这里，汉儒文化、藏传佛教文化、伊斯兰文化和现代文明交汇碰撞。

带着刻骨的西迁记忆，我的祖辈扎根在伊犁河谷，屯垦戍边，尽忠卫国，已历经二百五十多年的繁衍生息。翻开锡伯族历史，从中就会发现，西迁戍边的锡伯族官兵屡屡临危受命，驰骋天山南北，外御强敌蚕食，内平分裂叛乱。他们耿直忠诚，作战英勇，多少勇士血洒疆场，有死无降，为祖国的统一和边疆的稳定做出巨大牺牲，建立了特殊的功勋。

我国著名作家汪曾祺在他的一篇散文中这样写道："锡伯族是骄傲的。他们在这里驻防二百多年，没有后退过一步，没有一个人跑过边界，也没有一个人逃回东北，他们在这片土地扎下了深根 …… 英雄的民族！"

作为一个戍边民族的后代，作为锡伯族的诗人，诗歌——边疆——我，成就了我的生态链，三个元素的组合，缺一不可。我的诗歌意象中既有西北边疆的河流、草原、峰峦、鹰隼，也有锡伯族历史中存在过的东西，比如牛录、卡伦、篝火、硬弓等等，这些意象频频出现在我的诗中，它们承载着我情感的表达，构成了我诗歌的内容。当我写出一行行文字的时候，总能看见直抵生命的壮怀激烈，总会触摸到绵绵延续的民族文化脉息……我相信，民族历史与文化的源流，最终会成为我的诗歌的力量之所在。

由于常年在边疆厮守，我的诗歌文本无疑是"地域性"的。新疆的大好山河，边疆的美好生活，这些都给我的写作带来了持续的灵感和无穷的动力。因此，我没有理由不为边疆而赞唱，而书写。我要感谢新疆，感谢诗歌，感谢读者，最后要感谢诗友李东海兄在百忙之中为这本诗集作序。

阿 苏

2019 年 6 月 18 日

附 录

荒野上孤独的骑手

—— 品读阿苏和他的诗

洪兆惠

  从第一次见到阿苏起，无论见面还是通电话，我都叫他"阿苏老师"。去年初冬再次在沈阳相聚时，他诚恳地说：就叫阿苏，把后面的老师去掉吧。我答应了，但后来在电话中仍然称他为"阿苏老师"。我年长他7岁，叫他为老师不仅仅出于礼貌。

  去察布查尔之前，锡伯族和锡伯族西迁在我心中只是一个概念和一段史实。2008年的金秋，不经意间我去了察布查尔，在那里近距离接触锡伯族人，他们对自己民族的认同感，对自己祖先的景仰，对家乡沈阳的眷恋深深地感动着我。我没有想到远在边陲的乡亲，竟没有被物质和欲望异化，仍然坚守着原初的本色。说真的，在察布查尔的那几天，我仿佛回到天地初开之时，心底真心得到归依。特别是诗人阿苏，当他扭动着身躯用全身之力吼着古老的歌谣时，我真切地感受到锡伯族人的特有品质和内在力量。从那一刻，我就叫阿苏为"阿苏老师"，以表达我对锡伯族赤子的敬重。

后来读阿苏的诗，诗如其人，诗和写诗的人相互映衬。他低吟高唱，追念当年先人的牛车迤逦西行，遥想先人落脚伊犁河左岸，在戈壁和河道之间驻卡伦守边关，在追念和遥想中感受先人的沉默和愁肠，体验先人的隐忍和悲壮。在诗中，他不时地把目光从历史的远处收回，落在自己熟悉的牛录、布哈大渠，还有那伊犁河谷辽阔的旷野，那飞草般的锡伯文。在这些书写中，仍然带着他追念祖先时的那种忧伤和悲凉。读阿苏的诗时，我眼前总出现他那寂寞和孤独的眼神。坐在那儿，他很安静，但越安静他内心积聚的能量就越强，随时可能爆发。他唱他写诗，都是他爆发的方式。

记得2013年金秋十月的一天，我们在伊犁河左岸边的一个度假村聚会，有诗人有官员，也有身兼诗人和官员于一身的人。我匆忙吃些东西就悄悄离开，独自在寂静中走着，我不知道后来酒席间是诗人的尽情还是亦官亦文的应酬。其实在欢宴之前我就在河边树丛中逛着，夕阳的余晖透过成熟的枝条洒落在沙地上，静静地不肯移动。我莫名地惆怅，伤感。250年前，千里迢迢从沈阳西迁到伊犁河南的锡伯人无处安身，就栖居在河边，靠鱼肉野果饱腹。后来他们修渠引水垦荒种谷，繁衍生息至今，这条河真是西迁的锡伯族人的生命活水。我踩着软沙，在次生林中穿梭，寻找着当年我的乡亲最初踏上这片土地时的痕迹。伊犁河水依然流淌着。有谁还记得察布查尔锡伯人的祖先当年在这里讨生存的日子呢？锡伯族的赤子阿苏不能不记得。那晚在应酬或放纵之余，真应该有人读阿苏的《〈雅其纳〉：一片疼痛的水声》。诗人阿苏就是那个"在飞鸟和鱼之间暗自落泪"的人，他因"遗忘的隐痛"而流泪。

那次聚会的前一天，是重阳节登高的日子。夜里伊犁下了第一场雪，我们迎着白雪融化的湿气去了南山。在半山腰我们停下看风景，身后是白石峰，眼前是苍茫空阔的伊犁河谷。我眺望，我寻找，我惊讶地发现：眼前的伊犁河我是那么熟悉！不由得让我想起了顿河。一年后，我在沈阳见到那英，她是察布查尔县的宣传部常务副部长，我对她说：生活在伊犁河南岸的锡伯族应该有一部像《静静的顿河》那样的长篇小说，应该有一部属于锡伯族人的精神史诗。

这几天在系统读阿苏诗的同时，我又翻看《静静的顿河》，它再次给我"受其恩泽的喜悦"。葛里高利身上有种高贵气质，那高贵气质源于他的孤独。这样解读《静静的顿河》之后我似乎明白：我把顿河边上的哥萨克人和伊犁河南岸的锡伯人联系在一起的原因，大概是因为他们身上都有孤独的气质。孤独是一种高贵，孤独是一种品格。我一遍遍地读着组诗《察布查尔天空下》，阿苏多么深情地爱着察布查尔的山山水水和草草木木，我真切地感受到那里的旷野、河谷、榆林、荒草、飞鹰、雁鸣等等给予他的疼痛，和他一起听到了"田野的床榻上"响起的"轻微的呻吟"，看到了"一脉远山"拽着的"深蓝色的忧郁"，被一种浓浓的情绪包围着，压抑，慌乱，心疼，我问：是什么让诗人如此愁肠百结，从心底生出无限的悲凉？

诗人阿苏是典型的察布查尔的锡伯族人，他身上生来就有忧郁和孤独的气质。他就是一个骑手，在黑夜来临前，一个人孤独地站在旷野中。不用见人，只要读他的诗，浓浓的忧伤和孤独的气息会强烈地粘住读诗的人。他诗中的忧郁和孤独气息远远重要于土地、村庄、古寺、萨满、卡伦、酒、骑手、牛群等等意象，是他诗中最打动人也是最有价值的元素。

阿苏怎能不忧郁，怎能不孤独？他的民族，他的故乡，他的家园，都给他留下无限的悲壮和疼痛。他是一个有浓浓乡愁的人，是一个把家园神圣化的人。正如他在《与城墙如此接近》中写的那样：

有谁知道，在早已黯淡的城墙上

哪一粒尘土

是它留给我的母语的碎片？

我身怀巨大的悲悯，与城墙

慢慢地接近，我的思想

我的词语，我的秘密因了它的横陈而一并醒来

当凉风吹动泪光

深处的残垣，由此点燃了我的心跳

诗人了不起处，就在于他知其不可而为之，这就是精神，而诗靠的就是这种精神。诗人因为有了这种精神，才是纯粹的。

阿苏的诗是纯粹的，写诗是他活着的需要，除生存需要之外他没有别的目的。或者说，他是一个无功利的诗人，不想通过写诗获取诗以外别的什么，比如金钱、美誉。这一点我毫不怀疑，不然我不会以他为友。作为纯粹的诗人，写诗是生命的燃烧，那么，他的诗就自然有着与生命息息相关的灵性之光，这灵性之光对于诗和诗人来说更加根本。阿苏坚守的是人的本质，张扬人的精神生存价值。

阿苏对人原初品质的钟情和坚守，都在他的诗中，在他对锡伯族的书写中。锡伯族人的品质与人的品质可以互换，相互交融，他诗中的锡伯族其实是人品质的意象。有了这样的认识之后，我读阿苏的诗让我感受到了生命深处的无限和诗意。

阿苏诗中的寂寞、孤独和坚守是一体的，都源自他对生命的感悟，是他生命不可分割的组成部分。他对人离开原初的简单、纯粹和高贵，变得实用、功利和物质而忧虑，所以他才坚守人的本质，然而在这样的时代，这种坚守势必孤单，他默默地承受这种孤单。他的心路历程与他对自

己本民族历史的追念、对本民族的生存现状的审视交织在一起，于是就有了他诗的面貌。说到这儿，我想到海德格尔在谈到贫困时代诗人何为时说的话，他说：诗人“必须特别地诗化诗的本质”。在一个人背离自己本质的贫困时代，需要诗和诗人，需要诗人对贫困时代的存在进行诗意的追问，需要诗人用诗“道说神圣”。阿苏就是这样的诗人，阿苏的诗就是这样的诗。

以上是我对阿苏这个人，对这个人所写的诗的理解。

（作者是辽宁省文联原巡视员、副主席和辽宁省文艺理论家协会原主席）

质朴的乡土底色

—— 锡伯族诗人阿苏诗歌创作谫论

翟新菊　吴孝成

阿苏，锡伯族，出身于正红旗的苏慕尔家族。20世纪60年代出生在新疆伊犁河谷察布查尔县一个叫堆依齐牛录的村庄。他当过乡村教师，在广播电视局从事过新闻工作，还编辑过全国独一无二的《察布查尔报》。现在察布查尔县文联从事专业创作。

阿苏从20世纪80年代后期开始诗歌创作，至今已在《民族文学》《中国诗人》《诗建设》《朔方》《西部》《扬子江诗刊》《诗歌报月刊》《绿风》《伊犁河》等刊物以及众多报纸副刊上发表了300余首作品。他的不少诗歌被收入马克主编的《年轻的地平线》和亚楠主编的《西部回声》等诗集中。

牛录 —— 永恒的家园

牛录，原本是250多年前锡伯族西迁伊犁河谷屯垦戍边的军事化组织。当年锡伯营定居察布查尔以后，按照清朝的八旗建制，设立了八个牛录。牛录本义为箭，后转化为八旗制的基层单位。随着守军的长期驻扎，驻地逐渐发展成规模较大的村落。民国年间废除了八旗制，牛录的词义扩大，获得了"乡"的新义。在锡伯族人民的心中，牛录就是乡村，就是家园。锡伯族的祖先们，世世代代耕作在牛录，驻守在卡伦①，由此形成了锡伯族人民鲜明的家国情怀。

阿苏的童年和少年时代都在牛录里度过，成人以后虽然生活在县城中，但从来也没有割断过他的牛录情缘。让我们来窥探一下阿苏笔下温馨而宁静的牛录——

"八只温顺的黑褐色小牛／静卧在草木间／这是喜利妈妈②庇佑的／八个牛录"（《眺望》）；"高贵的八个牛录偎依在大地的身旁／安静地呼吸"（《写写扎坤古萨》）；"此刻，父亲的牛录／躺在十五棵榆树的下面半醒半梦／一再领受着／月亮神的眷顾"（《有关牛录的六个片段·从凉风开始》）。有时候，牛录是大地的孩子。

"八个吉祥的牛录啊／于炊烟之上／盛开花朵的芳香／辛劳的人们脚步缓慢／一路向晚／踏响了母语的歌谣"（《从东到西》）；"牛录就在这儿／在满是草木气味的地方"，"家园就在眼皮底下／样子很古朴／不知多少代了／那些养育我们的人民／一年到头／总是把激烈的马鞍放进胯下／总是把弓箭和铁锹放进手里／总是把脚放进田地／流汗流泪流血／而牛录确实温暖／想想这一点／人心里就舒服得要死"（《牛录》）。有时候，牛录是劳动者的母亲。

"小小牛录，像枯槁的草木一样／在灼热里凝住了脚步／似乎在等待一

---

① 卡伦：满语，意译为台、站，清政府在边境地区设立的哨所。

② 喜利妈妈：保佑子孙繁衍和家宅平安的女神。"喜利"在锡伯语中是"延续"之意。

场灌溉/左边是炊烟，右边是尘土/我感觉云朵的呼吸/弥漫开来/一点一点地覆盖了被祈祷过的田园"（《云朵的呼吸弥漫开来覆盖了田园照彻》）。有时候，牛录又是苦难的记忆。

"苏慕尔氏的人们/酷似自然的野生植物/他们离诗歌很远/离土地很近/这些在牛录怀抱里成长的/苏慕尔氏的人啊/一生一世/把自己热衷于劳动的手/和虔敬的心/交给了身边的/家园"（《苏慕尔氏的人们》）；"爱新舍里① 盛产泉水/也盛产民歌/七月的爱新舍里/那些被称为玉米的作物/随处可见"，"更远的地方/还有两三个人民/顶着很毒的日头挥汗劳作/他们的姿势/意味深长/就像几株朴素的小麦/正在膜拜/土地"（《爱新舍里》）。有时候，牛录还是执着的厮守。

牛录的一草一木、一土一石都浸透了阿苏对养育自己长大成人的家园的挚爱。对于大地而言，牛录是她温顺的儿女；对于子民而言，牛录是他们慈祥的母亲。阿苏能够触摸到土地的脉搏，听得到庄稼拔节的声音，也能嗅到炊烟的气息，感受到烈日的灼热。他不厌其烦地诉说着对于牛录的依恋，因为"我们和家园/在阳光茂盛的地方/相依而居"（《春天的深处》）。他确信："守望家园/其实是一种享受/在堆齐牛录/我醉心于春种秋收/并且养活诗歌"（《作为锡伯人》）。

在阿苏的诗作中，反复出现的意象有这样几组——

落日、古道、卡伦、弓箭、篝火、牛粪……

萨满、神矛、刀梯、神鼓、铜镜……

牛车、木犁、镰刀、玉米、麦穗、向日葵、炊烟……

---

① 爱新舍里：是距离察布查尔县城最远的一个乡镇。"爱新舍里"是锡伯语"金泉"的意思。

芨芨草、红柳、椒蒿、芦苇、沙枣花、布哈① ……

前面两组意象和锡伯族悲壮的历史与神秘的信仰有关，它们所折射的抽象意义是苍凉、悲壮、惊悚、凝重……后面两组意象则与锡伯族温暖的家园和艰苦的生存环境有关，它们所蕴含的抽象意义是偏僻、贫瘠、坚韧、温馨……这些意象都可以说是锡伯文化的独特符号，浸透了浓郁的民族感情。

明代以前，锡伯族一直繁衍生息在我国东北地区大兴安岭一带。17世纪末，各地锡伯族被全部编入满洲八旗。乾隆二十九年（1764）清政府平定新疆准噶尔部和大小和卓之乱后，为了巩固西北边防，抽调一千多名锡伯族官兵，连同家眷，共计三千多人，从盛京（沈阳）出发，前往新疆伊犁驻防。经过一年多的跋山涉水，风餐露宿，克服重重艰难险阻，终于完成了这一万里西征的英雄壮举。从此，这一支肩负着神圣使命的军垦部队在伊犁河谷扎下根来，为保卫边疆、建设边疆做出了巨大贡献。

阿苏从他懂事的那天起，就知道自己是边防军人的后代。他一直难忘"两百多年前那次空前绝后的生死壮别"，他为自己英雄的祖先们而自豪："远行的人们，把两手/放在心窝/让整个家园在这里停留""一路兵车辚辚/一路冷霜残月/一路山川和蛮荒横陈/卡伦在天边，命运在天边/关于六十年一换的谎言亦在天边/亡者的尸骨掩埋于途/一如远徙的候鸟/睡在了天上/四月十八：牛车的兵阵/从农历出发/用不可言说的坚韧/铺展一脉浩浩荡荡的悲壮走向"（《农历四月十八》），"载着岁月疲惫的风尘/牛车上的部落/迤逦而行/悲壮得无与伦比，这荡气回肠的/万里西迁"（《西迁部落（组诗）·向西》）。他的组诗《西迁部落》《辽东纪行》《在辽东漫游》，以及为"纪念锡伯族西迁伊犁245周年"而作的《农历四月十八》

---

① 布哈：锡伯语"大渠"的意思，这里特指察布查尔大渠。

等，都寄托着他对民族历史的追问，对民族精神的探寻。

阿苏出生在和平年代，依然"持续着一代代的光荣与梦想"。看到祖先们胼手胝足开垦出的田园，他"不由得想起/祖坟里的先人/他们丢下的土地/真够神的/能让我们长精神/能让我们有一些好日子/过得还很舒服"（《天刚亮》）。看到祖先们用最原始的工具，耗费七年光阴开挖出的一百公里大渠，他明白："其实是水先于庄稼来到这里/比水来得更早的是/一群部落后人和/他们的首领/图伯特①"（《在察布查尔大渠边想起图伯特》）；他发现："梦一样飘动的布哈大渠/（它是母亲眼里淌出的一抹泪水啊！）"（《眺望》）。和外地人到察布查尔采风或观光写成的诗不同，他的诗是从血液里流出来的，抒发的是他对家园与生俱来的一种情感。

疼痛 —— 灵魂的震颤

阿苏在他的许多首诗中都写到了"疼痛"——

"是谁的眼睛让我的灵魂/疼痛了九万九千次"。（《堆齐牛录》）

"闪亮的犁尖扎入春天的深处/让血汗开出花朵/让骨头疼痛"（《木犁》；"我想象一簇簇/沙枣花/以遗忘的速度/扑向灯盏上的牛录/它让我承受了措手不及的疼痛/让我从白日梦里无法抽身"（《沙枣花开》）。

"沉默比寒气更深/愁肠比路程更长/正红旗披甲②手中的一根马鞭/传递着/隐忍与疼痛"。（《西迁部落（组诗）·卡伦古道》）

---

①　图伯特：锡伯营总管，曾于1802年起带领锡伯族军民历时七年开挖出全长100多公里的察布查尔大渠，开垦出20余万亩（约1.33万公顷）农田，使锡伯族军民的生活大为改善，也保障了戍边军需的供应。徐松认为，这条大渠可与秦汉时代的郑国渠、白渠媲美。

②　披甲：满语叫伍克辛，意为士兵，是满洲兵的总称。

"我的一把破旧的东布尔琴^①/会在落日下弹奏那根疼痛的神经吗?"（《西边的卡伦》）

"这时候，我把来不及喊出的疼痛/在内心里藏好"。（《一匹马的忧伤》）

"有一种疼痛一下一下地/叩响我的骨头/它来自两百多年前那次空前绝后的生死壮别。"（《盛京老家》）

"人们高举着善良的心/一路疾驰/踩响了草木的疼痛"。（《花朵开遍牛录》）

牛犊哞哞叫唤，声音像鞭子，"一寸一寸抽痛了我的神经"；萨满的铜镜像闪电，"灼痛了三十二颗动荡的心"；公牛走进静穆的牛录，"沉重的牛蹄踩痛草根的秘密"；废弃的卡伦像铁骑绝尘而去，"一次次踩痛我的内心"；对于锡伯语文的母本满语文的消亡，"这让我的内心多少有些隐隐作痛"……甚至他有两首诗的标题就以"疼痛"命名:《〈雅其纳〉^②：一片疼痛的水声》《疼痛来自旷野辽阔的苍茫》。这些能够重重拨动人们心弦的"疼痛"，并不说明阿苏语汇的贫乏，而是因为情动于中，油然而生，信手拈来，触目惊心。一个作家或诗人如果对某些词语或者某种语言表达方式比较偏爱，它们又能恰切地表达自己的感情，就可能在作品中出现的频率比较高。这种现象，在古今中外的文学创作中并不鲜见。

这形形色色的疼痛，都是灵魂的震颤，都是刻骨铭心的爱的代名词。阿苏是一个对乡土、对家园怀有挚爱的诗人，所以他的诗都散发着浓郁的泥土气息。对田园的关怀是中国诗歌的传统，历来具有庄重典雅的气质和关注民生疾苦的内核。阿苏植根于土地的诗，倾注了他对民族的感情。

---

① 东布尔琴：锡伯族弹拨弦鸣乐器。

② 《雅其纳》：锡伯族民间广泛流传的一首古老民歌。

这种感情，表现在把牛录比作温顺的"小牛"，把干草垛喻为"饱满的乳房"，把土地和渠水看作养育自己的父母；表现在"把自己热衷于劳动的手/和虔敬的心/交给了身边的/家园"；表现在烈日下耕作的农民就像朴素的麦子一样膜拜泥土，企盼着"自心灵深处长出粮食的精神"。这种对于土地和庄稼的吟唱，表达了诗人对家园和民族的神圣感情，它既是血缘意义上的认同和归属，也是真挚的爱恋和赞美。

　　阿苏对土地和家园的歌唱又饱含着忧伤："乌珠牛录、果尔敏芒坎、托博① /这一连串沉重的地名/被忧郁的歌手一遍遍唱出"（《空旷》）；"我们的眼睛/看看脚下的田地/再看看牛录深处的事情/就流了泪"（《天刚亮》）。在他的眼里，远山是忧郁的："我看见一脉远山/拽着深蓝色的忧郁/奔向大地的深处"（《疼痛来自旷野辽阔的苍茫》）；牛车是忧郁的："在路上/忧郁的牛车/装满干草，翻过了/西边的太阳"（《在路上》）。花香里带着忧伤："波斯菊的幽香荡漾/如海潮漫过房间/忧伤四散"（《无题》）；苇笛声染透忧伤："从暗处传来的隐隐约约的苇笛声/是谁起起伏伏的忧伤?"（《〈雅其纳〉：一片疼痛的水声》）；东布尔琴声充满悲凉："《雅其纳》：带着一丝鱼腥气的悲凉/在祖传的东布尔琴上/慢下来/落进清晨明亮的河水中"（《〈雅其纳〉：一片疼痛的水声》）；解甲归田的牛录章京② 怅望落日时，"眼睛里蓄满伤感的风暴"（《伊犁河左岸》）；血气方刚的诗人写下"扎坤古萨"③ 这个地名时，"一泓热泪忍不住/盈满眼眶"（《写写扎坤古萨》）；辛劳耕作的祖先们"在荒草的缝隙里愁肠百结"

---

　　① 乌珠牛录、果尔敏芒坎、托博：皆为锡伯语地名。乌珠牛录是一牛录，果尔敏芒坎为"长长的山坡"之意，托博是一个小于牛录的村庄。

　　② 章京：早期满旗社会出兵或狩猎时，按家族村寨行动，每10人选1人为首领，称"牛录额真"（箭主之意），后改为"牛录章京"，入关后改为汉称"佐领"。战时为领兵官，平时为行政官，掌管所属户口、田宅、兵籍、诉讼诸事。

　　③ 扎坤古萨：锡伯语"八旗"的意思，意指八个牛录。

（《云朵的呼吸弥漫开来覆盖了田园》）；祭奠祖先时，"我看见亲人围在远徙的牛车之侧/抚轭恸哭"（《逝去的牛车》）……凝重的诗句蕴含着苍凉悲悯的气息。诗人的忧伤源自对乡土世界的挚爱，对辉煌历史的尊崇，对民族未来的忧患。他不仅对民族的历史与未来倾注了充沛的关注热情，也对人生和社会的现实具有深刻而独到的认识。

黄昏 —— 苍凉的挽歌

阿苏在抒发对于家园的挚爱时，咀嚼着民族苦涩的过去，思索着民族未来的命运，并不节制自己的感情，时时透出一种悲凉的色彩，渲染出一种美丽的忧伤，表达的是一种孤独意识和寂寞心态。在他的诗作中不断出现的落日、夕阳这一黄昏意象，就是他的孤独意识和寂寞心态的外化：忆往昔，"远行的人们面露霜色/怀揣一把故土/以及黄金的种子向着滴血的夕阳靠近"（《西迁部落（组诗）·向西》）；看今朝，"最后的牛车走在落日的边缘/辙印深刻/辚辚之声如祖辈的泪光/直抵我的内心"（《逝去的牛车》）。落日会引发对祖先的眷念："眼看着日头西斜/自然而然就想起过去的年月/和丢下我们的先人"（《牛录》）；夕阳会勾起寂寞的情怀："日渐西沉/……寂寞随之缘上额际/而黄昏星正静静地开放"（《无题》）。看山则情满于山："空旷的远山/一点一点地/被黄昏巨大的翅翼收藏"（《有关牛录的六个片段·收藏》）；观水则意溢于水：渔人"用敞开的渔船/盛满黄昏时分波动的光阴"，"凉风点亮的一簇渔火，辉映着/渔人深邃的眼神"（《〈雅其纳〉：一片疼痛的水声》）。看村路，"高高的运草车""走过黄昏的边缘/静静浮上远天"（《从东到西》）；望长空，"神奇的大鹰，从夕阳外掠起"，"梦幻般君临"（《扎坤古萨：白马驮来的风土》）。

这些诗词都表达了他对岁月的流逝的伤怀，对故土的想念之情。

与牛录的厮守，对家园的挚爱，对民族文化发展前景的关注等都说明，故乡是伫立在阿苏心灵深处的一道永不褪色的风景，是他心灵深处永远珍藏的一壶老酒，更是他心灵深处浓得化不开的情结。他从自己生活过的那一片土地上汲取营养，以自己丰富的童年经验、深沉的童年记忆、对家乡生活的熟稔、与民族文化的血缘关系，驾轻就熟地构筑诗歌的殿堂，已经取得了令人瞩目的成绩。现在，阿苏开始让自己诗歌的触角伸出牛录，伸向更加广阔的世界。近年来他创作的组诗《从野核桃沟到库尔德宁》《伊宁二题》《北疆以北》，以及《一匹马的忧伤》等十多首诗，无论从内容还是构思方面来看，都有了很大的突破，堪称佳作。在这些与锡伯文化迥然不同的氛围中，他意识到自己的诗歌内涵可以更宽广，诗歌的翅膀可以伸展得更高更远。当然我们也深信阿苏自己的表白："我的精神世界中根深蒂固的东西，是在泥土、田园和乡土人情中浸泡的，无论我走到什么地方，这种质朴的乡村底色都不会改变。"